Au moment de l'**heure des histoires**, tandis que l'un regarde les images et l'autre lit le texte, une relation s'enrichit, une personnalité se construit, naturellement, durablement.

Pourquoi ? Parce que la lecture partagée est une expérience irremplaçable, un vrai point de rencontre. Parce qu'elle développe chez nos enfants la capacité à être attentif, à écouter, à regarder, à s'exprimer. Elle élargit leur horizon et accroît leur chance de devenir de bons lecteurs.

Quand ? Tous les jours, le soir, avant de s'endormir, mais aussi à l'heure de la sieste, pendant les voyages, trajets, attentes... La lecture partagée permet de retrouver calme et bonne humeur.

Où ? Là où l'on se sent bien, confortablement installé, écrans éteints... Dans un espace affectif de confiance et en s'assurant, bien sûr, que l'enfant voit parfaitement les illustrations.

Comment ? Avec enthousiasme, sans réticence à lire « encore une fois » un livre favori, en suscitant l'attention de l'enfant par le respect du rythme, des temps forts, de l'intonation.

Pour mes amis en France

Traduction de Marie Saint-Dizier

ISBN : 978-2-07-063332-6
Titre original : *Cockatoos*
Publié par Jonathan Cape Children's Books, Random House, Londres
© Quentin Blake, 1992, pour le texte et les illustrations
© Gallimard Jeunesse, 1992, pour la traduction française, 2010,
pour la présente édition
Numéro d'édition : 175003
Loi n° 49-956 du 16 juillet 1949
sur les publications destinées à la jeunesse
Dépôt légal : juin 2010
Imprimé en France par I.M.E.

Quentin Blake

Les cacatoès

GALLIMARD JEUNESSE

Le professeur Dupont avait dix cacatoès.
Il en était très fier.

Chaque matin,
il sautait de son lit,
il prenait une douche
et se brossait les dents,

comme d'habitude.

Il s'habillait
et nouait sa cravate,
comme d'habitude.

Il chaussait ses lunettes,
comme d'habitude.

Puis il descendait
au rez-de-chaussée.

Il pénétrait enfin dans la serre
où se trouvaient ses cacatoès,
tous les dix.

Et, comme chaque matin,
le professeur Dupont
ouvrait les bras en s'écriant:
– Bonjour, mes petits amis
emplumés!

Tous les matins, il disait exactement
la même chose.
Le jour vint où les cacatoès se dirent
qu'ils deviendraient fous s'ils entendaient
ne serait-ce qu'une fois encore le même refrain.
Ils décidèrent de jouer un tour
au professeur Dupont.
Les uns après les autres, ils s'échappèrent
par un carreau cassé qu'ils avaient découvert
dans un coin de la serre.

Le lendemain matin, le professeur Dupont
pénétra dans la serre et ouvrit les bras.
Il n'y avait plus de cacatoès.

Où donc étaient partis tous ces oiseaux ?

Le professeur Dupont entra dans la salle
à manger.
Pas de cacatoès.

Il entra dans la cuisine.
Il y vit Hortense, la cuisinière,
qui lui faisait cuire un œuf
à la coque pour le déjeuner.
Mais toujours pas de cacatoès.

Il regarda dans la chambre.
Pas de cacatoès.

Il regarda dans la salle de bains.
Pas de cacatoès.

Il regarda dans les petits coins.
Pas de cacatoès.

Il monta sur une échelle
et braqua une torche dans le grenier.
Pas de cacatoès.

Il grimpa même sur le toit.
Pas de cacatoès.

Il regarda dans le garage
où se trouvait sa voiture.
Toujours pas le moindre cacatoès.

Il descendit à la cave
mais, là non plus,
il n'y avait pas de cacatoès.

Le professeur Dupont
en avait la tête à l'envers.
Ses cacatoès étaient introuvables.
Où diable s'étaient-ils cachés?

Le professeur Dupont
n'en dormit pas de la nuit.

Le lendemain matin,
il sauta de son lit,
prit une douche
et se brossa les dents.

Il s'habilla
et noua sa cravate,
comme d'habitude.

Il chaussa
ses lunettes,
comme d'habitude.

Et il descendit
au rez-de-chaussée.

Le professeur Dupont
pénétra dans la serre.
Tous ses cacatoès étaient revenus,
tous les dix !

Le professeur ouvrit les bras
en s'écriant :
– Bonjour, mes petits amis emplumés !

Il y a décidément
des gens qui n'apprennent
jamais rien !

L'auteur-illustrateur

Né en 1932 en Angleterre, **Quentin Blake** publie son premier dessin dans le vénérable magazine satirique anglais Punch à l'âge de 16 ans ! Il fait des études de littérature à l'université de Cambridge. En 1960, il publie son premier livre pour enfants, en tandem avec John Yeoman. Suivront d'innombrables titres, dont le principal éditeur en France est Gallimard. Sa collaboration avec Roald Dahl commence en 1978, année de la publication de *L'Énorme Crocodile*. Ensemble, ils donneront vie à d'illustres personnages comme *Matilda*, *Les Deux Gredins*, *Le Bon Gros Géant*… Quentin Blake écrit et dessine également ses propres histoires : *Armeline Fourchedrue*, *Les Cacatoès*, *Clown*, *C'est génial !*, *Le Bateau vert*, *Mimi Artichaut*, *Zagazou* sont aussi devenus des classiques de la littérature enfantine, récompensés par de nombreux prix. Figure emblématique de l'illustration en Grande-Bretagne, en France et dans le monde entier, ancien directeur du prestigieux Royal College of Art, admiré par des générations d'illustrateurs, décoré par la reine d'Angleterre, il est devenu, en 1999, le premier Ambassadeur du livre pour enfant (*Children's laureate*), une fonction soutenue par le gouvernement britannique et destinée à promouvoir le livre de jeunesse. Quentin Blake partage sa vie entre Londres et sa maison de l'ouest de la France. Honoré du grade d'officier des Arts et Lettres, il a également reçu le prix Andersen, « prix Nobel » du livre de jeunesse. http://www.quentinblake.com/

L'heure des histoires

Dans la même collection

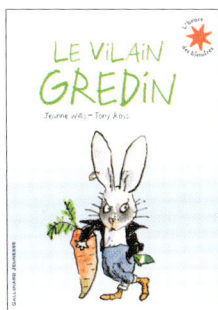

n° 1 *Le vilain gredin*
par Jeanne Willis
et Tony Ross

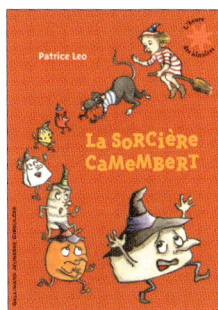

n° 2 *La sorcière Camembert*
par Patrice Leo

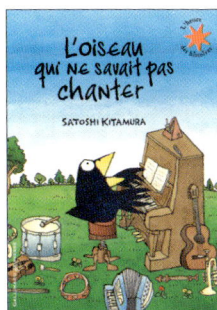

n° 3 *L'oiseau qui ne savait
pas chanter*
par Satoshi Kitamura

n° 4 *La première fois
que je suis née*
par Vincent Cuvellier
et Charles Dutertre

n° 5 *Je veux ma maman !*
par Tony Ross

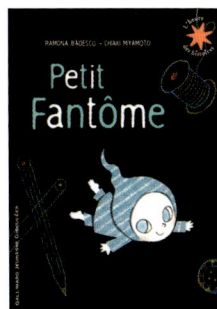

n° 6 *Petit Fantôme*
par Ramona Bădescu
et Chiaki Miyamoto

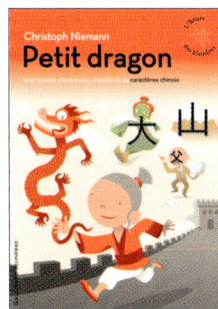

n° 7 *Petit dragon*
par Christoph Niemann

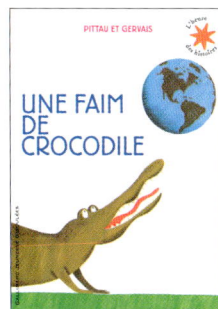

n° 8 *Une faim de crocodile*
par Pittau et Gervais

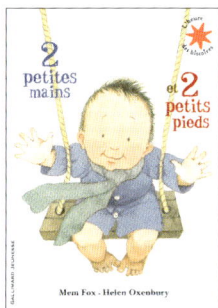

n° 9 *2 petites mains et 2 petits pieds* par Mem Fox et Helen Oxenbury

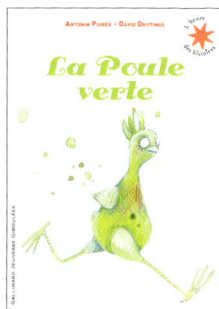

n° 10 *La poule verte* par Antonin Poirée et David Drutinus

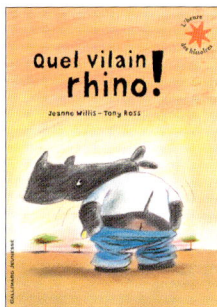

n° 11 *Quel vilain rhino !* par Jeanne Willis et Tony Ross

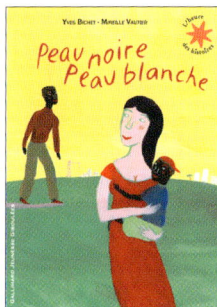

n° 12 *Peau noire peau blanche* par Yves Bichet et Mireille Vautier

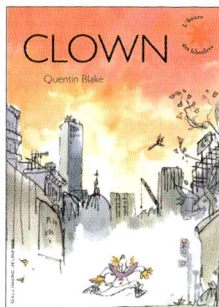

n° 14 *Clown* par Quentin Blake

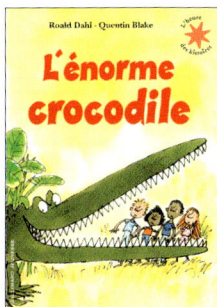

n° 18 *L'énorme crocodile* par Roald Dahl et Quentin Blake

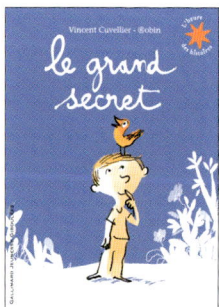

n° 31 *Le grand secret* par Vincent Cuvellier et Robin

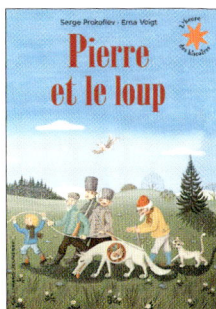

n° 32 *Pierre et le loup*
par Serge Prokofiev
et Erna Voigt

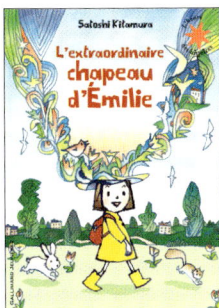

n° 33 *L'extraordinaire
chapeau d'Émilie*
par Satoshi Kitamura

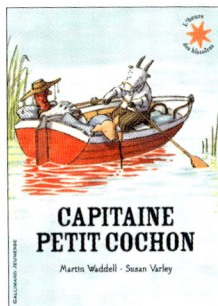

n° 34 *Capitaine Petit Cochon*
par Martin Waddell
et Susan Varley

n° 35 *L'ami vert cerf
du prince de Motordu*
par Pef

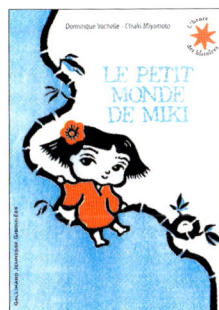

n° 36 *Le petit monde de Miki*
par Dominique Vochelle
et Chiaki Miyamoto

n° 37 *Je ne veux pas changer
de maison !*
par Tony Ross

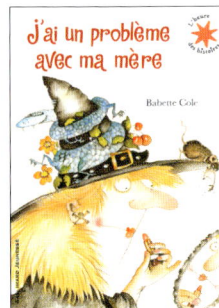

n° 38 *J'ai un problème
avec ma mère*
par Babette Cole

n° 39 *Il y a un alligator
sous mon lit*
par Mercer Mayer